y de pronto
es primavera

ESCRITO POR
Julie Fogliano

ILUSTRADO POR
Erin E. Stead

OCEANO travesía

Al principio todo es café,
todo a tu alrededor es café

tienes algunas semillas,

y la esperanza de que llueva,

y de pronto llueve

y todo es café, aún café,
pero un café lleno de promesas, de posibilidades,

un café del tipo *¿hay algo verde ahí?*

no, es café, aún café

pasa una semana,

te preocupas
por las semillas,

tal vez fueron los pájaros,

o tal vez los osos, con sus pisadas,
porque los osos no saben leer letreros
que dicen
"favor de no pisotear,
las semillas
lo están intentando"

pasa otra semana,

y el café,
aún café,
tiene un rumor verdoso
que sólo se escucha
si pegas tu oreja a la tierra
y cierras los ojos

pasa otra semana,

y un día soleado,
un día soleado como los días
que llegan después de un día de lluvia,

y sales de casa
para ver el café,

pero ya no está
y ahora es verde,
todo
a tu alrededor
es verde.

para enzo, nico y josh,
a quienes les encanta salir y percibir cosas
j. f.

para julie, josh, george, jason,
jennifer, nick, patty y sara
e. s.

Y DE PRONTO ES PRIMAVERA
Título original: *And Then It's Spring*

© 2012 Julie Fogliano, por el texto
© 2012 Erin E. Stead, por las ilustraciones

Traducción: Paulina de Aguinaco Martín

Publicado según acuerdo con Roaring Brook Press, una división de Holtzbrinck Publishing
Holdings Limited Partnership, a través de Sandra Bruna Agencia Literaria, S.L.

D.R. © Editorial Océano, S.L.
Milanesat 21-23, Edificio Océano
08017 Barcelona, España
www.oceano.com

D.R. © Editorial Océano de México, S.A. de C.V.
Blvd. Manuel Ávila Camacho 76, piso 10
11000 México, D.F., México
www.oceano.mx • www.oceanotravesia.mx

Primera edición: 2014

ISBN: 978-607-400-958-3
Depósito legal: B-29655-LVI

IMPRESO EN ESPAÑA/*PRINTED IN SPAIN*
9003791010114